Título original: *O esconderijo das vontades*
Traducción: María Nazareth Ferreira Alves
Edición: Cristina Alemany

© 2011 del texto Jonas Ribeiro
© 2011 de las ilustraciones Laura Michell
© Callis Editora, 1ª edición 2011

Argentina: San Martín 969 10° (C1004AAS), Buenos Aires
Tel./Fax: (54-11) 5352-9444 y rotativas
e-mail: editorial@vreditoras.com

México: Av. Tamaulipas 145, Colonia Hipódromo Condesa
CP 06170 • Delegación Cuauhtémoc, México D. F.
Tel./Fax: (5255) 5220-6620/6621 • 01800-543-4995
e-mail: editoras@vergarariba.com.mx

ISBN 978-987-612-640-3

Impreso en China • Printed in China

Julio de 2014

Ribeiro, Jonas
  El escondite de las ganas / Jonas Ribeiro ; ilustrado por Laura Michell . - 1a
ed. 1a reimp. - Ciudad Autónoma de Buenos Aires : V&R, 2014.
  32 p. : il. ; 25x21 cm.

  Traducido por: María Nazareth Ferreira Alves
  ISBN 978-987-612-640-3

  1. Literatura Infantil Brasilera. I. Michell , Laura , ilus. II. Ferreira Alves,
María Nazareth, trad. III. Título
  CDD B869.928 2

Jonas Ribeiro

El escondite de las ganas

Ilustraciones de
Laura Michell

V&R
EDITORAS

Había una vez una ciudad donde vivían muchas ganas.
Nacían en un lugar oscuro y silencioso y vivían durante
meses, años, dentro de las personas. Pero no siempre
esas personas se daban cuenta de que había unas ganas
viviendo en algún rincón de su corazón o en algún canto
de su mente.

Cuando las ganas se daban cuenta de que no serían
descubiertas, dejaban sus escondites y volaban
hacia otro lugar del universo. O, si no, elegían
a otra persona para esconderse dentro de ella.
De preferencia, alguien que no estuviese tan ocupado
y a quien le gustase mirar hacia dentro de sí mismo.

¡Ay, cómo eran de soñadoras las ganas!
Soñaban con la luz, con una vida ruidosa.
Querían ser descubiertas y crecer, crecer,
solo para lograr salir de sus escondites.

En esa ciudad, el panadero tenía ganas
de hacer panes más livianos y deliciosos.

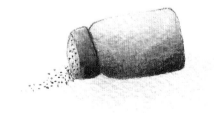

La costurera tenía ganas
de estudiar moda en París.

El piloto de avión tenía ganas
de ser astronauta.

La telefonista tenía ganas
de ser locutora de radio.

El pianista tenía ganas de tocar
con una orquesta.

La bióloga tenía ganas
de vivir en la Selva Amazónica.

A los habitantes de la ciudad
les gustaban sus profesiones,
pero sentían ganas de hacer
algo más. No tenía gracia
hacer solo lo que ya sabían hacer.
Ellos querían más, mucho más.
Y todos los días, el sol
se levantaba y animaba a las
ganas a salir de sus escondites.
Y todas las noches, la luna salía
e invitaba a las ganas a salir
de sus escondites.
Sucede que, aun escondidas
allí dentro, las ganas oían
que las llamaban por sus nombres.
Ellas querían salir para jugar
y descubrir el mundo.

A medida que pasaba
el tiempo, las personas
más valientes animaban
a sus ganas y les contaban
que el mundo era un buen
lugar. Conversaban con
ellas un poquito cada día.
Las personas más valientes
daban tanta atención
y estímulo a sus ganas
que ellas crecían fuertes
y ruidosas.

Y entonces pasaba lo que tenía que pasar.
Las ganas ya no cabían en sus escondites.
Ya nada podía contenerlas. Había llegado
el momento. Las ganas cerraban los ojos,
contaban hasta tres y saltaban…

Y, así, el panadero hacía panes más livianos y deliciosos.
La costurera se convertía en modista.
El piloto de avión se convertía en astronauta.
La telefonista se convertía en locutora de radio.
El pianista tocaba con una orquesta.
La bióloga vivía en la Selva Amazónica.

Sí, era una ciudad donde a las ganas les encantaba crecer
dentro de personas valientes.